歌集

雨のオカリナ

篠原節子

Shinohara Setsuko

角川書店

雨のオカリナ　目次

装幀　片岡忠彦

歌集　雨のオカリナ

篠原節子

I

わたしの虹

二番目のボタンがとれて春ふかし一つ手前の
駅から歩かう

今も手に感触あるをかなしめり母の車椅子押
しし長き日

ああ母よあなたの知らぬ元号に代はりし一日
長かりし日よ

くらがりの水に光れる匙のいろ令和最初の夜も更けゆく

伸びきつた輪ゴムばかりの箱づめ社会搾取されてることすら忘れ

ゆるキャラのフリーキックに沸く五月押しつ
ぶされし心放てり

プールの屋根に落つる五月雨ターンしてパー
スペクティブといふ語の浮かぶ

ターンして浮かぶカトレア帽子あり寡婦となりたる書の師の帽子

新緑の橋を渡ればトロイメライ流れてくるよ令和元年

今日こそはシンカー、フォーク、スライダー
どの言葉投げむ君のミットに

少し勝ち少しは負けて今日は雨、耳あかるま
す君のオカリナ

緑《みどり》野《の》の雨の上がりて日の射せりわたしの虹
がしづかに立ちぬ

ブルームーン

とどめ得る若さなどなく手のさびしレモンを
ひとつゆつくりかじる

今そこに居るかのやうに死者を言ふ母の見てゐる異界のひかり

すれちがふ車椅子みな読みとれぬ表情のせて八重桜へと

すべて揺らめくやうな切子の世界とぞレビー小体病の母には

B29くるよと爆撃言ふ母は十六歳に戻りてゐたり

老老介護老老介護と叫べどもわかつてをらぬ
あのキャスターは

死にたいと泣いてゐる女のかたはらで「花」
歌つてゐる施設のホール

うつかりと触れてはならぬ訳ばかり女は姨捨
山の月見る

親切でやさしい介護とうたはれて今日も貼り
紙「スタッフ募集」

外国人頼みの３Ｋ職場かもブルームーンのぞく老人ホーム

われ訪へば歩けぬふりをせし母と介護士さんの笑ひながら言ふ

全自動の工場のごと人吊りて湯あみさせると
ケアマネ得意気

禁煙の施設の裏にケアマネの体育座りにくゆ
らす煙草

二千日越ゆる介護よ行き慣れし施設近くの犬も老いたり

今少し生かしてほしきとさそり座が紅き尾反らすを星々笑ふ

バラスト

わが母を見舞ひくれたる嫁の祖母半身不随に
施設の最上階

これがまあ終の栖と嫁の祖母施設の壁を撫でつつ言へり

雪の朝倒れ伏しにし嫁の父介護疲れと嫁は泣き伏す

嫁の父の二十年もの老老介護ヘルパー拒む実母に悩み

バラストを心に置きて見舞ひたり純粋無動症との病名をきく

精神は死なず肉体死にゆかむ動かぬ手もて嫁の父振る

同じ時をみんなで生きてゐるんだよ陽だまり

岬の素心蠟梅

しら梅が夕日に染まる坂の町買つたばかりの
セーターかぶる

母の死

「いなり寿司、明日食べたい」と言ひし母そ
の夜危篤と電話かかりぬ

一夜にて逝きにし母よ口の辺にほほゑみ残し
花祭りの日のごと

お花見は眼《まな》うらにせしか「花見にいこ」と言
へば瞼を閉ぢし母はも

雪ざらしの小千谷ちぢみをかけやれば棺の母
に青葉かげさす

母なれば頬ちかよせて水のませ「淋しかつた
ね」と冷たき手とる

あふれゆく花に囲まれ母は笑むこの世あの世の光の繭に

水平に棺は進むははそはの焼かれてしまふ体を思ふ

骸なれば物は言はねど全身にありがたうと言ひゐし母は

骨壺の底からきこゆる母の声もう少し自由に生きたかつたと

身に沿はぬ読経ききつつ降る雨に十薬の白をながめてゐたり

息つぎて春空みれば母は亡くふかく生きよと声きこえくる

東京のきつねうどん

東京は息苦しいと厚き雲流れて遠い山をみせたり

東京のきつねうどんの味は濃し揚げも甘すぎ
でもエネルギッシュ

東京のきつねうどんに七味かけますます濃厚
力をもらふ

東京のきつねうどんを食べてたらさつと丼もつていかれた

東京の省線いまは山手線ビルの墓標の林がつづく

東京の階段何百ふみおりてやうやく乗りぬ大江戸線に

あんぱんもクリームパンも夕焼けてしんみり重い東京駅は

秘密の匂ひ

夏の宵あか提灯に酔ひやすくあの世はないと
言ひ切る男

島らつきよ口にふふみて焼台の鶏串たのむメローコヅルと

つけ焼きの鱧はうなぎに勝れりと伊八のおやぢ赤ら顔にて

とくとくと心臓打つてる雨蛙共鳴してるわたしの心臓

母かとも雨傘の女目に追へば紫陽花の露ほほゑんで落つ

ホーキング逝きて宇宙の謎ふかし枇杷の実甘く匂ひぬる夜

あぢさゐ橋男合はせのシャツボタン一つ外して告白してゐる

いつのまに私を流るる伏流水母亡き夏の五山の送り火

照りつけし夏の陽ざしがまだ残る橋の欄干送り火の夕

欲望を封じ込めるか昏き僧衣誦経し給ふに玉汗となる

*

鑿《のみ》打ちし船箪笥にはあけしめに母の匂ひす秘
密の匂ひ

初詣をすませて母の墓参り生者に死者にきよ
き雪降る

八重子とは母の名なりし八重椿咲きし日生れしと繰り返し言ひぬ

八重つばき春を呼ぶとは母の言介護写真のアルバムの中

表情にさびしさ見ゆる介護写真一葉もどしぬ
冷えしアルバム

青空に白木蓮のいろにじみ何見ても「お父ち
やん」と言ひし母

忘れたい忘れたくない介護の日々ふかきむら
さきふはつと漂ふ

アルプスほか

わたくしの心のすき間埋めゆく唄・山・短歌
にボージョレー・ヌーボー

人に倦み天狗見てゐる遠めがね黄金色に満ち
てゆく秋

スニーカー、キャスケ帽に朝をゆく百名山を
目標として

珈琲はやっぱりうまいね平行に雲浮かんでる
涸沢カール

ふんばれる力は我の中にあるピッケル、アイ
ゼン護符ともなして

イケメンはあんまり居ないね山好きはリュック背負ひて挨拶かはす

父母も雲のごと消ゆ汗じみのザイルつかめば唯我独尊

ゆるやかに雲の流れて大富士は裾野をひろく
分けあひにけり

鉄梯子のぼりて上りて大キレット硫黄の結晶
大きく落下す

*

通る人なければ廃道　熊笹の哄笑をわれはかき分けてゆく

熊笹をかき分けかき分け昼暗き能郷白山廃道
のぼる

*

上りくれば空の高みのマタギの里熊丼、母にも食べさせたかつた

縦隊の末尾を待てば渓流の大山椒魚岩間を跳ねる

＊

空映す七つ沼の上よぎりゆく原色の蝶パラグライダー

まだ人間のゐなかつた頃だよと氷河がわらひ
七つ沼カール残す

北風にペグうちテント固定せむ今宵眠りてヒ
グマと遊ばむ

束の間のきらめき見せて流星が山の端に落つ
こころにも落つ

大宇宙にいだかれ眠るテント泊十勝平野は明
日も晴れか

鳥

アルペンスキー見てゐるだけで鳥になれた
二十歳《はたち》に返る夜行バスにて

時雨きて山の沼にも水輪生れ日にけに高く鳥渡りゆく

見えずとも鳥は渡るよ霏霏と降る雪ぞらついて本能のまま

ダンスするしないは君の自由です釧路湿原恋
鳴きの鶴

人の魂さそひだすやうゴロスケホウ心の重荷
をおろしてゆけと

鴉ひつたり止まつてゐたる枯枝が春へのエネルギー溜めてゐるなり

電柱に鴉鳴く夕いい匂ひに湯気のぬくもる飯たきあがる

円満な人になかなかなれなくて水族館にハリセンボン見る

登校の男児の群れの最後尾一人たんぽぽむしり駆けゆく

ホタル前線

葦わけて昼のホタルをみつけむと川辺にカメラを構へたる人

想ふ人ありやなしやとホタルまふ川面とびかふ自在の灯り

ファースト螢を合図となして一斉に乱舞するなり光こぼるる

つゆめくに呼びかはすごと螢ともり葦原いつ
しか光の合唱

伝説の薫りも高き黒姫山森分け入れば螢飛び
かふ

姫ぼたる暗くなるのがきつと好き高き山あひ
光の波紋

京都とて螢の名所白川ありお尻ひからせウエ
ーブみせる

敗北の苦みを知るや螢火の右往左往し岸陰に
消ゆ

隣人の赤きゆかたに短夜を戒むるごと太鼓の
響く

黒蟻

餌取りのうまき一羽もおこぼれを頂く鴨も水脈ひきてゆく

ぷかりぷかり川面流るるポリバケツのんびり
犬が眺めてゐるよ

ぐんぐんと夕焼け迫る川土手のしろき姫ぢよ
をん呪文を唱ふ

退屈をひなたに出でて遊ばむと精霊バッタもオハグロトンボも

左足二本目から歩き出すといふ黒蟻のもつテンポの愉し

せつかちものんびり屋さんもみな同志はねを
引きゆく黒蟻たちは

黒蟻になりたしと言ふ老画家のアトリエに野
原の草々の鉢

三十三間堂

寒九なる三十三間堂に思ひ出づ古き映画の若き益荒男《ますらを》

時間軸すこしずらされ仰ぎ見る仏像千体霊眼
ひかる

さえぎるもの何もなかりし青天の秋を映して
ゆるる鴨川

大戦に逝きにし人も鳥羽伏見もすべて弔ふ護
摩木に託し

夜も更けて灯色ゆらげば魂くるや三条木屋町
池田屋あたり

平等院のぞける窓にとつくりと言ひ訳をきく
御仏の顔

石灯籠ほんたうに使うたんは江戸までかそれ
でも神社にでんと居座る

持ち駒は歩のみなりしが鼻先にぴしやりと打
つに角はひるみぬ

倭の五王乗り移りしは青年の筆千六百年の記
憶リリース

Ⅱ

芭蕉布の島

芭蕉布は風をはらみて鳴りにけりヌチグイ恋
ひしウムヤーグァー恋ひし

＊ヌチグイ…命薬　ウムヤーグァー…愛しい人

縦じまは男踊りよ、かすりは女　芭蕉布の島
は基地消えぬ島

芭蕉布を風にゆらして島ごころムンジュル節
に乙女の舞ひぬ

米軍に焼き払はれし糸芭蕉いま沖縄の光と誇り

糸芭蕉つむぎて成りし芭蕉布のいろのさやぎは太陽《テダ》の輝き

横糸を微妙にずらしみぎひだりトゥイグァー
飛ぶとぶ久留米絣に

*トゥイグァー……小さい鳥

仏桑華琉舞のゆるき旋律にしろきつぼみの解
けゆく午後

潮の引き乙女の人目しのぶころ月ぬまぴろー
ま竹富島は

*月ぬまぴろーま…月が昼間のように明るい

麻糸をオヒルギフクギに染めゆきし琉球の女
ヌチグイうたふ

島かげに月の美《は》しきは十三夜乙女美しきは十
七歳と

さざ波は青く寄せつつ三線《さんしん》に島唄美しや芭蕉
布の島

風のなき凪の夜なり舟こぎて会ひにゆかむか
愛しき女に

雨戸あけすだれ揺らして待ちてあれ月かがや
けば言ひてみたきよ

ガジュマルの葉は青々とささやきてふられし
男をなぐさめてゐる

夜雨《ユアミ》ふれ十日雨降れ豊作をシュロの扇に神女《ノロ》
のうたふよ

大綱引きに豊かな実り願ひたりハイビスカス
がゆれて見てをり

若夏《うりずん》の草の葉かげに幾万の遺骨をさらす幻想
を観ぬ

指笛のリズムに踊れば何もいらぬ皆の笑顔に
六調たかなる

それぞれに亡き人の居て踊りたり命《ぬち》どう宝と
さとししおばあ

海砂のいとど熱きや壺焼きのサザエに命みしりと感ず

雨あとの月の明るさ縄のれんくぐればいづくか遠花火鳴る

月光に木肌のうろこ呼吸して芭蕉布の島の夜
を歩めり

明るさに

一年に一度の明るきスーパームーンわたしを
消して外《と》に出でゆかむ

幼子も若き母らもほどかれて安らいで見るスーパームーン

明るさに内臓みせるスーパームーンつらくはないかあなたの本心

あせてゆく生つながむと介護する息子も母も
同心円に

琉球の幻の花イルカンダ君に贈りしネクタイ
に咲く

狸塚を暴けばいづる千年のけむりにゴーンの
記事読み直す

仏像の表情読みとるＡＩが悲喜こもごもと断
ずる阿修羅

アリオーソ

リヒテルもかくやと敲く鍵盤の青年の指にはじける夏が！

アリオーソ雨のリズムにわれをうつ迷ひの尽きぬ夜のしじまに

横がほをなるべく見ずに飲む夜のリモンチェッロが心にしみる

ふうはりと浮かぶ君へのマニフィカト六本線
の楽譜の上を

この柵を越えれば人生変はるかと恋の一言な
げかけてみる

水中でしか息もできない金魚たち西日の当たるアパートの部屋で

君引きし一本の線にあみだくじ決まってしまふ運命の席

顔上げて耳そばだてて聴く聖句キリエ・エレイソン夜明けの光に

ひき算でできてるフォーレのレクイエム山吹の花ほろほろ散るやう

鍵盤もせましと走る指先に雪降るロシアの平
原見ゆる

*

一面の花、のぼる月うるはしのムーンウォーク
に君と踊らむ

秋の夜の窓からさし入る月光にてらしてみせ
よあなたの本心

愛こそがすべては定番なれど真　カラフ解き
明かす「トゥーランドット」

折り畳み傘を開けばオペラの余韻こぼるる雨
滴ながれてゆくよ

アスファルトに渦描《か》く虹よ花柄の傘にこゆれ
ば夢ひとつ生る

眠られぬ夜の続きて湧きいづる言葉の密度こ
ころの密度

情熱はこれつきりかと問ひかけし君のまなざししづかにうかぶ

「革命」を弾けばよみがへる言葉あり次々割れるしやぼん玉のやう

としへに溶け合ふことのなき二人ショーウ
インドウの恋の舞台に

携帯の短くふるへ顔うかぶ今夜は一人バーボ
ンを飲む

寂といふ字の伸びやかさ胸底の湖にたゆたふ
小舟が二艘

アルペジオ

木の芽雨にほひ立つ道ふみきりを越ゆれば聞
こゆヴィイヴァアルディイが

板締めに絹糸そめし白鷹紬さらり着こなし花見にゆかむ

花づかれに友と湯豆腐ほほばりて水琴窟きく居眠りもして

はんなりと湯葉にまかれし京ことば生きてゐるつてやつぱりいいね

やはらかく伸びたる若葉あまだれに跳んだり跳ねたり笑つたり

ひつじぐさふかりふかりと漂へば亀の小鼻のふるふると浮く

雨ながら風の明るき昼下がり好きな言葉にノート埋めて

すぱすぱとシナプスつながりドーパミン炸裂
の頭《づ》にアルペジオ鳴る

＊

老松は上七軒よ和菓子屋の一月春慶二月は神のうめ

紅餅を右手《めて》にのばして餡つつむ左手《ゆんで》にもちかへ花びらつくる

老松の和菓子体験ひらひらと五弁きざみて雪と帰りぬ

徳利より春濁り酒こぼれいでたけのこ料理を女将持ち来る

＊

想ひ出がしとしと滲む若葉の朝牛若丸もひとり本読む

木ノ根道をかけはしりたる牛若丸ちりめん山椒食べたかしらん

風鳴るに鞍馬の山の竹伐り会牛若丸もみてたかしらん

さゐさゐと夜のさやぎの繰り返しみやこは千
年のタイムカプセル

恋ふ人を呼ぶがに灯る螢火をかぞへるごとく
歌おもひいづ

アルペジオ生きのさやぎの繰り返し重荷を負
ふはこの世限りと

ふかぶかと奈良の芝生に寝てみたい寝釈迦み
たいに啄木みたいに

河原町に「夜のガスパール」流れきぬ缶コーヒーを飲みつつゆけば

十姉妹

ぷくぷくと泡立つてゐる前頭葉私の思考書きとどめよう

スクリーニングすれば言葉が生きてきてあなたの魂新しくなる

好きなうた嫌ひな名歌書きかさね椎の花匂ふ夜を生きてをり

コンビニのカフェラテに目を細めたる男の鉢
巻き社名入りなり

人の良さで窒息させるアラフォーの姉妹の飼
つてゐる十姉妹《じふしまつ》

まばらなる感情ゆきかふコミックカフェあまりに赤いリンゴの絵あり

ふるふると風船かづらの白小花われ呼び戻す故郷の風

ビルが建ち記憶消えゆく故郷はのっぺらぼう
の街となりゆく

夢のない顔して車窓にタオル干す男の上にも
銀河ながるる

鼻ピアス

早送りの映画のやうに日はたちて東京駅に降り立ちにけり

スクランブル交差点を行き交へる人ひと人に
過呼吸無呼吸

東京はやつぱりすごい鼻ピアス三つ編み男が
闊歩してゐる

鉄柵の門をとざされてスメタナのモルダウきこゆる大使館前

ビル街のはるか高みをジャンボ機ゆきカステラいろに春日くれゆく

逆光のドアにはにかむ少女立つ前世の薫り少しまとひて

春光に手櫛で髪を梳きにつつ少女語りぬパティシエ志望と

空耳か睫毛を揺らすヴォカリーズ国木田独歩の旧居跡ゆく

春雷に巨人伝説ひもとけるハモニカ横丁古書店の午後

フェニキアのマヌル猫は隠れ上手岩とも化し
てぴたりひそむとふ

幼さの残れる野猫ふりしきる桜落ち葉にちよ
いと手を出す

後もどりできぬ野猫のさがとしてましぐらに
走る星が笑へり

雪丸は聖徳太子の愛犬ときけばうれしも隣の
犬の名

舌ピアス鼻ピアスの男どうやって飯たべるの
かじつと見てをり

Ⅲ

流星群

元号のつづく国など他に無く令和元年寿ぎゐたり

ＬＰの音かすれたるＹｅｓｔｅｒｄａｙ心さびつく前にもう一度

ふたご座の流星群を見尽くしてスーパームーンの明度にひたる

失恋してアイス断ちしてゐるといふ彼女カフ
エオレごくごくと飲む

月しろの満ちくる夜を女《をみな》なる板状土偶《ばんじやうどぐう》の語
る祈りを

おどろきの声をあげしや縄文人も洞窟に生ふ
る光り苔の帯

再生を祈る屈葬　縄文の静かな思索思ひみる
かな

＊

螢まふ表紙の歌集携へて阪堺線に訪ひし覚応
寺

覚応寺に晶子の肖像おだやかに己が戒名見下ろしてゐる

駿河屋の三女なりしよ鳳晶子いまものこれる歌集歌書百

清滝に寛とむつむ晶子なり螢まふ夜登美子ゐぬ夜

ほんたうに好きだつたのは登美子かと十二人産み疑ふ晶子

君《きみ》も雛罌粟《コクリコ》とうたふ晶子のうれしさよ鉄幹を
いま手中にしたり

謹直なる兄と晶子の面影のよく似て寺の講話
にをさまる

東京の孫

東京の孫らやうやくにたどり着き「京都タワーは低いねえ」とふ

わが住める枚方《ひらかた》は大阪に近きゆゑ大阪はいい
ねえと孫たちほめる

風月のお好み焼きが食べたいな孫らの言葉に
いそいそとする

幼らと手つなぎ輪となり抱へみる松の大樹の
千年の生

男孫《をまご》女孫《めまご》の声を揃へて唄ひたり自然とわが夫
目じりが下がる

「大阪には旨いもんいつぱいあるで」と唄ひたる女孫蓬莱の豚まんが好き

パラパラと傘に当たれる雨音の着地感なき日々にやすらぐ

土遠く蚯蚓のたうつアスファルト目をそらしてはまた目で追ひて

求心力を失ひつつあるＥＵの最後の砦のメルケル首相

なつかしの映画は死んだ人ばかりこちらを向きて生き生き語る

どこまでも広い青空が見つめてる園児のお散歩カラフル帽子

みどり児の笑へる声は天を突き鈴懸の木は風はらみ鳴る

「詰めが甘い」頭の中で声がして床より起きてわがうた見直す

荒々しさのまじる静けさ透析に通へる日々の
友の遠き眼

湿り気がじつとり髪に下りてくる朝《あした》の防犯カ
メラは回る

等伯の松林図屏風は曼荼羅よ光年またぐ仏がゐたり

素朴なれどジムノペディーの旋律がしみこんでゆく細胞の奥に

冷え冷えと鉄路はつづき車窓にはおとぎ話の
月浮かびいづ

春の夢ロバ青いろの耳立てて絵本の山へ消え
てゆきつつ

百万年

通りすぎ十歩はなれてまた見上ぐ桜花なりいのち明るむ

始発に乗り介護の現場へ急ぐ人ふつうのひと
がこの世ささへる

ざらついたフライパンも笑つてる朝の飯さへ
あればよいのだ

闇に浮くまがまがしきはアンタレス怒りしづかに胸に点火す

百万年生き残る神などなきと思ふさつき怒つてゐたひとも消ゆ

こんなこと考へてたらねむられず星めぐりゆ
く夜空を見つむ

青葉の森

青葉鳴るは風のオカリナ山犬の人に嫌はれ山
深く住む

山犬のこだまする声波打ちて青く伸びゆく山
小屋の夜を

本わさび岩魚の刺身にそへられて朝の山小屋
醤油いききす

朝焼けが岩場に照りてわれ染める太古の時間
に立つ人のやう

相寄りて離れゆく雲もう消えて五月の空に亡
き友感ず

傾りには反魂草が叫んでる原発なんてずつと
いらない

眠られぬ夜の時空を縦横に駆けゆくわれは言
葉に恋する

消し過ぎて原稿用紙に穴ひとつのぞいた先の
短歌のかけら

ＬＥＤで蠟燭能を演出す星の影なき古都の夜
まぶし

今そこにゐるかのやうにショパン言ひピアノの森に分け入る男

ビタミンＣ不足してゐるメール打ち花まるばかりの返信期待す

朝貢に似て

確実にランク付けする戦争をするべきでなし
退廃を産む

川土手の一木ざくらよ冬桜死者のたましひ嘉
すると咲く

アメリカに敗けたことすら知らぬ人増えて日
本に平和を言へり

平和とは高き代償ともなへりたとへば匈奴の
朝貢に似て

テロがテロを呼ぶアメリカの青空へ自由の女
神は右手を挙げる

戦争は嫌だされども人間に戦ふ本能ありいかにせむ

田舎より不意にかかりし命の電話夜の濃度にひたされ急ぐ

赤富士をうしろに引いて高速の窓に映せり矜持のごとく

遠泳

ドーバーを泳ぎきらむと婆六人いどむ映画が
プールの話題

遠泳に琵琶湖わたらむと我ら五人固く握手し
ドルフィンキック

せまる波砕ける波に息つぎてどこまでいつま
で泳ぎ続けむ

呑まれさう波のはざまに顔を出し近くのボート眼《まなこ》に追ひて

疲れればしばし太陽仰ぎつつぷかりぷかりと浮かんでゐたり

山々の穂は見え隠れ湖に沈みし樹もみゆ息ひとつ継ぐ

先泳ぐ友の抜き手の陽にまぶし五人そろひて琵琶湖を泳ぐ

名人戦

鯨とぶ海原こえてはるか来し隠岐の港にドラの音ひびく

大陸と地続きの花トウテイランむらさきふか
く隠岐の岩かげ

繰り返す海底隆起のおりなす島隠岐群島に名
人戦あり

名人戦七番勝負の観潮楼うちこむ石のいのち
の火花

本因坊うちこむ石の鋭さに異界と変はる観潮
楼は

百間岩めくるめくごと立ちはだかる黒石めがけ白石を打つ

蛸壺をトントンたたけば生きてゐる邪魔しないでと真蛸の足が

摩天崖沖鳴りすれば裏返る反魂草にあかき魂《たま》たつ

友のゐて夫ゐて子居て師匠ゐてそれでも一人十薬にほふ

昼下がりみな出払ひて歯に当たる柿の実さやか　しげさ節きく

白雨

雨続きコンビニにはひればば早ばやとお囃子流
るる河原町なり

ひんやりとシャツは冷たくまだ明けぬ梅雨に
朝からお囃子響く

祭りあれば羽織はかまを新調し織屋廃れぬみ
やこの仕組み

鉾建のいとたのしもよ提灯に照らし出されて
由緒の刺繡
さまよへる悪霊もみよトロイ戦のタペストリ
ーゆく祇園山鉾

煎餅屋鼓月の少年生き稚児となりて乗り込む
長刀鉾に

祇園会はいと涼しもよ金扇の朝風に映え鉾う
ごきそむ

蟷螂山江戸の昔も人気ありカラクリ師のわざ
令和も冴えたり

しんがりの鉾のすぎれば折り畳みの信号もど
す警官「よーし」と

そのかみは霊さまよひし都大路あした帰りの
ホスト幾人

雨垂れはショパンの胸をかき乱しジョルジ
ユ・サンドはまだ帰らない

結核に心を病みしショパンとふ生み出づる曲に焦りのまじる

デスマスクの石膏のしみも風化して白雨に沈むベートーベンは

白雨あがり強き陽ざしの照りつけぬ潤ひそめしこころ干上がる

姫沙羅の木肌はうすし吸ひ上ぐる地下水ひたひた手に伝ひ来ぬ

前見えぬ白雨にけぶる胸の奥にじむごとくに
あくがれの湧く

*

一貫目の氷けづれば不揃ひの粒かさなりて降る蟬しぐれ

鋸の引き音高く氷塊を真二つに割る八月の来る

あとがき

この『雨のオカリナ』は、二〇一六年から二〇一九年まで「かりん」に掲載された短歌や投稿歌をまとめました。

古典和歌しか知らなかった私が、第一歌集『百年の雪』を上梓してから三年。ようやく自分なりの短歌がわかって来たような気がしています。馬場あき子先生はじめ、歌林の会の先輩方、後輩の人たちの御教示、御支援あってこそ、短歌を続けて来られたと深くふかく感謝しております。

私が所属しています「かりん京都歌会」は私の母体です。毎月第四土曜日に京都御苑近くで午後一時から四時迄、かりん当月号の自分達の歌をそれぞれ真剣に真摯《しんし》に批評し合うのです。みな熱心に勉強して来られ、お世辞でほめたりは一切せずに、本音をぶつけ合って向上を目指しています。一人ではわからない自分の歌の不備や可能性も引き出され、歌会の有難さを毎回感じ、感謝しています。

第一歌集を上梓してから、いろんな出来事がありました。重度の認知症だった母が心不全で突然二年前に亡くなり、心に大きな穴が開《あ》いてしまい、病気になるのでは……と自分自身を危ぶみました。歌林の会の皆様の支えとかりん京都歌会のお仕事が私を救ってくれたのです。場所取りや連絡などをしているうちに、段々と元気が戻って来ました。

しかし五年前に退職して以来、認知症の母の世話が一番の仕事だった私は、突然本物の無職になってしまい気力が湧かなくなってしまったのです。けれども、「短歌を詠まなくては……これが私の最後の仕事だ」との声が頭の中から聞こえて来たのです。折角、馬場あき子先生はじめ素晴らしい歌林の会の諸先輩方が居られるのだから、全身全霊短歌に精進し少しずつでも向上するように努力してゆきたいと願っています。

各地の短歌大会や神社の歌会などにも参加させて頂き、とても佳い刺激を受けています。東京に長男が居る関係で、かりん東京歌会にも一年に四回くらいは参加し、とてもフレッシュな気分で勉強させて頂いています。六十人から七十人も出席されるので、短時間に鋭くポイントをつく指摘に、自分の歌でなくとも身の引き締まる思いです。一日の勉強で自分の短歌が深まる気がして嬉しい限りです。これは本当です。

この第二歌集上梓に際しましては、こころよく承諾して下さいました馬場あき子先生に深く感謝申し上げます。また、お忙しき中、帯文を御執筆いただきました米川千嘉子様に厚く御礼申し上げます。歴史的仮名遣いや言葉遣いをみていただいた古谷円様にも、心よりの御礼と感謝を申し上げます。

最後に、角川『短歌』編集部の石川一郎編集長始め、ご担当の吉田光宏様、装幀の片岡忠彦様にもいろいろ御配慮を頂き、本当に有難うございました。

これからも精進し続けます。

令和元年七月末日

篠原節子

著者略歴

篠原節子（しのはら せつこ）

1952年　大阪市生まれ
1975年　大阪教育大学数学科卒業
1984年　大阪市内の中学校に数学教師として10年間勤務後、退職
2014年　30年間在職した株式会社ベネッセコーポレーションを退職

2009年　歌林の会入会
2016年　第一歌集『百年の雪』刊行
現在、かりん京都歌会支部長

現住所
〒573-1112　大阪府枚方市楠葉美咲3-5-20

歌集　雨《あめ》のオカリナ

かりん叢書第356篇

2019（令和元）年11月25日　初版発行

著　者　篠原節子

発行者　宍戸健司

発　行　公益財団法人　角川文化振興財団

〒102-0071　東京都千代田区富士見1-12-15

電話03-5215-7821

http://www.kadokawa-zaidan.or.jp/

発　売　株式会社　KADOKAWA

〒102-8177　東京都千代田区富士見2-13-3

電話0570-002-301（カスタマーサポート・ナビダイヤル）

受付時間　11時～13時／14時～17時（土日祝日を除く）

https://www.kadokawa.co.jp/

印刷製本　中央精版印刷株式会社

落丁・乱丁本はご面倒でも下記KADOKAWA読書係にお送り下さい。
送料は小社負担でお取り替えいたします。古書店で購入したものについてはお取り替えできません。
電話049-259-1100（土日祝日を除く10時～13時／14時～17時）
〒354-0041 埼玉県入間郡三芳町藤久保550-1

 ISBN978-4-04-884321-8
C0092